O Casamento de Laucha

Roberto Payró

O Casamento de Laucha

Roberto Payró

Tradução
Iara de Souza Tizzot

1ª edição

Curitiba
2013

O nome de Laucha[1] — alcunha e não sobrenome — sentava-lhe às mil maravilhas.

Era pequeno, magricela, desconfiado, inconstante; a boca parecia um focinho emoldurado por um bigode ralo e duro; os olhos negros, como contas de azeviche, um pouco saltados, quase sem o branco; acrescentavam à semelhança, completada pela cara fina, a testa fugidia e estreita, o cabelo descorado, cor de rato...

Laucha era, por outro lado, seu único nome possível. Chamaram-no Laucha quando era pequeno na província do interior onde nascera; começaram a lhe dar o apelido Laucha depois, ali onde viveu o destino de sua vida, desde cedo aventureira; por Laucha ficou co-

---

[1] Laucha: na Argentina, o sentido é de ratazana. (N.T.)

nhecido em Buenos Aires, recém-chegado, sem se poder atribuir a ninguém a invenção do apelido; e de Laucha lhe chamaram grandes e pequenos durante um período de trinta e um anos, desde que fez cinco anos, até que morreu aos trinta e seis.

De seus próprios lábios ouvi a narração da aventura culminante de sua vida, e nestas páginas esforcei-me para reproduzi-la tal qual a escutei. Infelizmente, Laucha já não está aqui para me corrigir se incorrer em erro, mas posso afirmar que não me afasto da verdade muitos centímetros.

I

Então, senhor, depois de andar alguns anos por Tucumán, Salta, Jujuy e Santiago, ganhando a vida miserável que Deus me deu – umas vezes como auxiliar em lojas, outras de mascate, de repente de peão, ou de professor de escola; aqui em um povoado, ali em uma cidade, lá em uma estância, mais adiante em um invento, sempre pobre, sempre esfarrapado, alguns dias com fome, todos os dias sem dinheiro –, comecei a teimar que poderia ser melhor em Buenos Aires, onde nunca poderia ser pior, porque essas províncias nunca são boas para homens assim como eu, sem um centavo, nem muita letra pequena, nem muita força. Nem muita vontade de trabalhar também... E tanto teimei que, por fim, resolvi sair e comecei a fazer economias de centavos – eu que nunca havia juntado dinheiro! – até que reuni tudo o que necessitava para a viagem... Só o que era preciso e nada mais.

Não vou contar os milagres e outras espertezas que tive que fazer para juntar o dinheirinho: já vão imaginar, e se não, pouco importa. O fato é que um dia me acomodei em um trem – claro que de segunda, porque não havia passagem para cachorro! –, cheguei até Córdoba, subi ao Central Argentino e embarquei para Campana no vapor comercial, porque assim sairia mais barato... Campana era, então, o porto de saída e chegada dos vapores do Paraná, e aí mesmo se tomava o trem para Buenos Aires.

Desembarquei com minha bagagem, que era um poncho grosso de lã, crioulo, dos tecidos à mão, muito colorido, e que havia ganhado em um jogo de taba[2] ainda peão catamarquenho em Tucumán: tinha sido feito pela mulher sabe-se lá quando...

---

[2] Taba: Jogo de aposta em que se atira para o ar um osso (*taba*) de carneiro, vaca ou um objeto com esta forma, cujo resultado depende do lado que ele caia. (N.T.)

Ah! Já tinha gastado até o último tostão em comidas e drinques na viagem. Assim me encontrei em Campana e para seguir para Buenos Aires teria que penhorar ou vender alguma roupa, e a não ser o poncho... Devem estar pensando que isto não tem nada a ver com meu casamento, mas esperem um pouco. A miséria, como boa velha valente, faz do homem o que quer. A mim, fez chegar até o casamento, já vão ver.

II

Bem, pois andei de loja em loja querendo vender o poncho e comprar a passagem com o dinheiro, mas sem sorte porque não encontrava nenhum comprador.

— Esses ponchos não se usam por aqui — dizia-me um.

— Já tenho muitos ponchos — dizia-me outro.

— Não compro roupa usada! — gritou um furioso vendedor galego que não tinha mais que mercadorias do tempo da onça.

Finalmente um mascate me deu por ele quatro nacionais, e digo nacionais porque já haviam trocado a moeda corrente, tão linda e dominadora.

A passagem de segunda de Campana a Buenos Aires valia naquela época em torno de um peso e meio ou dois pesos, e não como agora que cobram cerca de cinco. Então eu estava bem, por fim, graças ao ponchinho catamarquenho... mas minha maldita sorte, que não vai me deixar nessa vida desgraçada, quis que, enquanto andava entretido na tramoia do poncho, o trem fosse embora sem me esperar... Vejam, não tinha relógio e, mesmo que tivesse, não poderia viajar sem passagem e sem dinheiro.

O pior é que nesse tempo não havia mais que um trem por dia, e tive que ficar em Campana, comer e dormir em uma taberna e pousada em que paravam os tropeiros que levavam o gado para o matadouro, que depois virou frigorífico. A história me custou um peso e meio, assim é que fiquei rendido. Vejam que situação!

À noite andei bisbilhotando a mesa dos tropeiros, que se entregavam ao vício das cartas. Fiquei de olho no jogo, mas jogavam muito pesado – cinco pesos o cacife... Imaginem! – Eu não ia pedir meio cacife, claro... Fiquei com vontade e fui embora dormir.

No outro dia fiquei a postos na estação meia hora antes da saída do trem... E dessa vez não o perdi. Mas vejam se não me sobram razões para falar de minha maldita sorte! Desci em uma estação para tomar um drinque e quando acordei o trem já ia apitando ao longe.

Não, não riam: não estava nem sequer alegre, embora outro passageiro levasse uma garrafa de aguardente e de vez em quando me convidasse a dar um gole... Bem, bem, seja como for, o caso é que fiquei na estação de Benavídez, que não tinha — como ia ter? — nem sombra dos moradores que hoje tem. Voltei bastante triste ao bar da estação, onde havia estado antes, e que era uma cantina com quatro garrafas "batizadas", um queijo velho, um pedaço de marmelada mofada e meia dúzia de salsichas entre uma pilha de caixas de sardinhas.

Puxei conversa com o bodegueiro, e dali a pouco ficamos amigões. Convidei-o para um trago — porque ainda me restavam uns centavos — e quando contei como estava pobre e apertado, disse-me que pelos sítios das cercanias estavam precisando de peões para o milho e que era fácil que me contratassem se eu não fosse muito burro e se não me incomodasse de ficar ao sol o dia inteiro. Eu, na verdade, nasci para trabalhos de escritório, desses de não fazer nada, sentadinho na sombra, mas a necessidade tem cara de herege, e nesse dia mesmo me juntei a um sitiante que, da comarca das Conchas, onde está a estação Benavídez, me levou para Pilar, para colher milho.

O que vocês queriam? Dois dias depois já não aguentava mais, tostado pelo sol e esgotado pelo trabalho bruto. Cobrei do sitiante os dois dias de jornada, que me pagou uns quantos centavos como bom gringo, larguei-me para Belén, que estava pertinho, procurando outro trabalho mais conveniente, e foi aí onde começou o baile... ou onde continuou, pois já fazia tempo que tinha começado.

Não criei raiz em Belén. Antes de a semana acabar já havia ido embora sem rumo e segui de povoado em povoado, de sítio em estância, distanciando-me cada vez mais de Buenos Aires, como se em minha vida miserável pudesse ter pensado ver os portenhos. Valha-lhe à sorte que joga com o homem como o vento com a palha leve.

III

Numa manhã em que estava em um canto, muito longe para o sudoeste, matando a fome com um copo de cana paraguaia, comecei a conversar com o patrão, porque eu era o único freguês e ele estava aborrecido como eu, do outro lado da grade, meio apoiando a barriga na vitrine e com a cara morta de sono entre as mãos. Eu andava outra vez sem trabalho e com poucos cobres no bolso. É que não posso me conformar com que me mandem, nem trabalhar como uma mula.

— Para onde vai esse caminho? — perguntei entre outras coisas ao bodegueiro, apontando com a esquerda, na outra tinha o copo, na direção do sul.

— Para Pago Chico. Essa trilha segue direitinho por umas seis léguas e vai dar na própria estação de ferro de Pago.

Eu havia ouvido falar da fama desse lugar e senti vontade de ir, por puro gosto, no fim das contas, era a mesma coisa trabalhar ali ou em qualquer outra parte, e o mesmo gosto tem um copo de gim legítimo. Mas como não tinha cavalo nem como arranjar um, e seis léguas a pé são muitas léguas, perguntei ao bodegueiro se não passaria alguma carreta ou alguma carroça que pudesse me levar.

— Não, amigo — respondeu —, essas trilhas são das tropas que antes passavam por aí com lãs para Buenos Aires, mas faz um ano que já não passam, porque tudo se leva de trem.

— Puxa, amigo, que pena!

— Mas veja que casualidade! — falou o bodegueiro em seguida. — Não me lembrava, homem! Você tem sorte, porque hoje mesmo, quando muito amanhã, virá a carreta do armazém do povoado que traz sortido para todos os cantos do caminho a Pago e para minha casa também.

— E daí?

— O fornecedor o levará, se você se fizer amigo dele.

— Oh, e como não? Vou esperá-lo, porque deveras tenho muita vontade de conhecer Pago Chico. É um povoado grande, não?

— Bastante.

— E tem escritórios e lojas?

— Acredito que sim.

— Magnífico!

E fiquei tomando um e outro copo com o bodegueiro que era um bom galego acriolado, até que, lá pelas dez da manhã, apareceu sobre uma colina uma manchinha preta que ia crescendo devagar entre o verde campo.

— Vê isso? — me perguntou o bodegueiro. — E sabe o que é?

— Sim, a carreta! A questão é se o distribuidor vai querer me levar.

— Não se preocupe com isso, porque é um rapaz bom e serviçal e, além do mais, se você souber ganhar sua confiança, fará o que quiser com ele.

Com essa segurança, e como me sobrava um trocadinho, comprei provisões para a viagem: salsichão, queijo, bolachas, cigarros, fósforos e... nada mais. Parece que também pedi dois quartos de vinho *carlón*...

O distribuidor do armazém chegou, e depois de uns quantos copos e um pouco de conversas e risadas, não teve inconveniente em me levar, como havia dito o bodegueiro. O homem era conversador, eu sempre fui esperto, assim a conversa começou quando saímos da bodega. Isso sem contar o aperitivo de antes...

Voltava vazio, os cavalos eram bons, escurecia tarde e, por isso, poderíamos chegar nesse dia mesmo a Pago Chico. Contei-lhe minha vida; ele me contou a sua desde que veio da Espanha: sempre atrás do balcão, sem sair nem no dia de seu santo, até que fizeram dele distribuidor e andava feito barata tonta, trotando na carreta e demorando dois ou três dias para voltar a Pago. Quando lhe contei que procurava trabalho, disse:

— Se você quer trabalhar sem se descadeirar, já sei o que vai lhe cair bem. Vou deixá-lo a uma légua de Pago Chico, no armazém de dona Carolina e aí encontrará algo para trabalhar.

— Magnífico, amigo! Eu estou pronto para

tudo em se tratando de trabalhar, e ainda mais quando não me resta nem um centavo, como agora.

— Bem, dona Carolina anda procurando um vendedor que lhe convenha. Mas ela é muito delicada, e uma porção de gente voltou sem que ela aceitasse alguém. Por isso, agora ninguém vai mais. Enfim, de todos os modos, você encontrará trabalho, porque ali pertinho está o campo dos Torres, e sempre precisam de peões.

Almoçamos sem deixar o trote e galope; eu pestanejei um pouco me despertando com os sacolejos; voltamos a conversar, a fumar, a tomar uns traguinhos; por fim, de tardezinha chegamos ao destino de que falava o homem e apeamos.

IV

A casa era grandinha, com roupas, um pouco de ferragens e o armazém. Tinha também um lugar de bebidas, com grade grande de ferro antes do balcão, e sem mesas, nem bancos, muito menos cadeiras, para que os paisanos e a gringarada, não tendo onde sentar, fossem embora assim que tivessem bebido, pela tarde ou pela manhã.

Entramos na ramada, e do outro lado da grade apareceu uma mulher de mais de trinta anos – depois soube que tinha trinta e quatro –, bonitinha ainda, alta, muito branca, de cabelo preto e olhos escuros.

Quando respondeu ao cumprimento de boa tarde, percebi que era italiana.

— Dona Carolina — disse o distribuidor —, aqui lhe trago um forasteiro que anda meio em desgraça e como o homem está buscando trabalho, eu lhe disse que aqui pode ser que encontre. Que lhe parece?

— Sim — respondeu a mulher, olhando-me com atenção —, se ficar por aqui, logo ou no mais tardar amanhã, vêm os homens de Torres e podem contratá-lo.

— E a senhora, dona Carolina? Por que não o pega de atendente? É moço esperto e capaz de ajudá-la.

— Ah, não! — disse a gringa suspirando. — Já não penso mais nisso. A ideia foi embora.

— Não tem importância — disse a ela —, vou ficar e esperar os de Torres. E, enquanto isso, sirva-nos dois copos de vinho que seja bom, que estou morrendo de sede, e este companheiro então, nem se fala.

Tomamos o vinho, que era bastante saboroso, e o distribuidor se despediu porque tinha pressa de chegar ao vilarejo. Eu fiquei à espera, vendo a casa para matar o tempo. No armazém tinha um pouco de tudo: muitas bebidas, latas de conservas em uma estante, salsichões e toicinho pendurados do teto, queijo e marmelada em um armário com vidro, junto com massas caseiras, caramelos compridos, pão velho e bolacha.

Havia também coisas de ferragens, freios, facões, facas, tesouras para tosquiar, machados, bacias, panelas e um pouco de quinquilharias mais, já do outro lado da grade, as coisas próprias de loja, barbante, tecidos, estopa, ponchos, camisetas, xales, chiripas, fio, canutilho, lenços de seda celestes e vermelhos, e sabe Deus que coisas mais.

A casa era um galpão grande com teto de ferro e, ao fundo, tinha um quartinho que me pareceu o dormitório de dona Carolina. Fora, a umas dez varas e enquadrando-se a uma espécie de pátio de terra pisoteada, que ficava entre a ramada e o poste de amarrar animais, havia outro galpão menor, pelado, sem outra coisa que um fogão no meio, feito com um aro de roda de carroça e cheio de cinzas. Não havia cama, nem onde se sentar, mas era a *comodidade* dos forasteiros que ficavam para dormir no local. Isso não é nada para qualquer homem do campo, que arma sua cama com os arreios; mas eu, com só aquilo, nem uma manta para abrigo, ia passar muito mal se os de Torres não chegassem a tempo.

Chamou minha atenção não ver ninguém além de dona Carolina, nem nas casas, nem no galpão, nem por ali perto. Os animais, que andavam em um pasto meio cercado, eram cinco ou seis potros e um pampa rosado que tinha pinta de ser velho e manso e da sela de dona Carolina.

Fora da ramada havia pendurado um quarto de carne, e uma nuvem de moscas revoava ao redor, enquanto outras, paradas, estavam comendo-o. Mas, em vão, olhei para todos os lados para ver se havia gente: não vi ninguém.

"Como pode viver esta pobre mulher com tanta solidão", pensei. "Os cachorros não bastam para cuidá-la, porque qualquer malandro os retalha, e depois vão para ela e lhe roubam até o último centavo. É preciso ter fibra! Só se as pessoas foram para o vilarejo..."

A gringa já começava a me interessar, assim voltei às casas e lhe perguntei:

— Desculpe, *misiá*[3] Carolina, mas a senhora fica sozinha aqui nesta casa?

— Sim — respondeu-me —, não somos mais

---

[3] Misiá ou misia: tratamento que equivale a minha senhora. (N.T.)

que eu e um velhinho que está aí, embaixo no arroio, cuidando dos porcos. É ele que me ajuda um pouco.

— Caramba, senhora! E não tem medo de viver tão retirada do vilarejo, nesta solidão? Porque o velho pouco há de servir de companhia.

— Assim é, o pobre já está muito velho. E, embora eu tenha uma escopeta e seja capaz de usá-la, às vezes me dá medo. Por isso, pensei em pegar alguém para me acompanhar e me ajudar a vender. Mas quem quer?

Ao dizer isto, olhou-me muito séria, com muita atenção e depois ficou calada.

— E por que não fez isso? — perguntei a ela então.

— Eh! Por quê! Por quê? Porque os que queriam o emprego não me convinham, e como não posso pagar mais que quinze pesos ao mês... Por esse salário hoje só ficam os que não servem, ainda que lhes dê a casa e a comida.

Eu, então, meio sério, meio sorrindo, disse-lhe:

— E eu também sou dos que não servem?

— Oh! O senhor não! — respondeu, olhando-me nos olhos.

— E então? Não lhe falou meu amigo, o distribuidor?

— Sim, são coisas que se dizem, mas depois...

— Pois veja, senhora, eu sou assim, trabalharia para a senhora, não digo que por esse dinheiro... até por muito menos. Estou cansado de andar rodando. O que acontece é que não tenho recomendações, nem tenho em Pago nenhum conhecido, além do distribuidor.

Dona Carolina voltou a me olhar um tempo, sem abrir a boca, como para ver minhas intenções na cara. Eu não sou bem apanhado, já sei, mas tenho alguma coisa, algo que me faz simpático, sobretudo com as mulheres. Estão rindo? Ah! Pois se eu lhes contasse. O caso é que para Dona Carolina lhe pareci um bom rapaz, porque em seguida me disse:

— Se fosse só por causa das recomendações, não importaria, porque o senhor não tem jeito de ser uma má pessoa, ao contrário! Mas quem há de querer uma colocação assim, quando até de peão pode ganhar dois ou três pesos diários, no mínimo!

Contei, então, que eu era mais da cidade que homem do campo, que não me apetecia trabalhar ao vento e ao sol, como tinha que fazer para não morrer de fome desde que comecei a ficar na pior e perdi o pouco que tinha. Contei que me tiraram um empreguinho em Buenos Aires, por intrigas de um companheiro traidor que queria me substituir; que depois andei pelas províncias do interior, correndo terras e buscando a sorte, mas que tudo me saiu mal, até que tive que voltar com uma mão na frente e outra atrás. Enfim, contei a história dos que não empatam em um jogo, e ela me escutava com muito interesse e atenção: pareceu-me até que ficou com os olhos cheios de água.

Nisso, entraram uns soldados para tomar um trago e eu saí para o pátio.

Os soldados estavam apressados e se foram em seguida. Dona Carolina chamou:

— Bem – disse –, se quiser, fique aqui uns dias para experimentar.

— Que experimentar que nada! Se ficar aqui, será para toda a vida! – disse entusiasmado.

— Quem sabe? Enfim, pagarei por ora os quinze pesos e, depois, se os negócios andarem bem, veremos. Dou-lhe um pouco de roupa, a comida está garantida e pode dormir no galpão, que eu lhe emprestarei uns panos para deitar e um poncho para se cobrir.

Nesse momento fiz uns passos de dança de pura alegria.

V

Quando saí de novo ao pátio já era quase noite e encontrei o velho dos porcos que tinha voltado quando o sol se foi. Estava pitando um cigarro negro, sentado em uma cabeça de vaca, na porta do galpão, pela qual se viam as chamas de uma fogueira de lenha e uma fumaceira terrível que não deixava avistar as paredes.

—Tomando a fresca, paisano? – perguntei-lhe, para começo de conversa.

— Isso mesmo, dom – respondeu-me –, enquanto esquenta a água e começa a assar o churrasco. Quer entrar e tomar um mate?

— Com prazer, amigo dom...

— Cipriano, à sua disposição — acrescentou o velho, que tirou uma bituca negra da boca, olhando-a e voltando a olhá-la, como se estivesse com pena de que tivesse acabado tão rápido.

Entramos no galpão. Ao lado do fogo, que ardia com grandes chamas e chispas de lenha verde, deixando uma fumaça espessa e ácida que fazia lacrimejar, fervia uma imensa chaleira, preta de fuligem; ao lado estava uma enorme vasilha quadrada, de pau, metade cheia de erva *parnanguá*, entre a qual se assentava o mate, uma cuia chata muito bem forrada de bexiga de ovelha. Ao calor da chama, estava sendo assado um pedaço de carne da que vi pendurada, e ali pertinho, o pote de salmoura. O velho era amigo de sua comodidade. Trouxe para dentro a cabeça de vaca, eu me sentei em outra, e começamos a matear e a manusear a taba.

— E pr'onde vai amigo? — perguntou dom Cipriano, passando-me o mate. — Porque o senhor não é de Pago, não é?

— Não, não sou de Pago, mas vou ser — disse.

— Ah, que bom! E onde pensa trabalhar, se me permite a pergunta.

— Aqui mesmo. Fico para ajudar a patroa.

— Faz muito bem! Faz falta para a pobrezinha, desde que morreu o finado, agora fará um ano. A mulher não deve andar sozinha depois de ter vivido em par. Sozinha fica manhosa e não serve para nada.

A princípio não entendi bem o que o velho estava querendo dizer, mas o sarcasmo era bastante claro para que por fim não o compreendesse. Esfregando os olhos que me ardiam com a fumaça, disse para provocá-lo:

— Sozinha! Não vivia tão sozinha, desde que estava com o senhor.

— Parece que a fumaceira o incomoda, amigo, e não pode ver como os anos me deixaram encarquilhado... e como não gastamos mais lenha que lã de ovelha, nem fumamos mais que um fumo de corda, e que eu estou velhinho e duro das articulações! Não se engane, mocinho.

Eu me pus a rir. O velho, depois de ficar calado um tempo, continuou com as histórias da patroa.

— Desde que morreu o finado, que Deus o tenha em glória, dona Carolina anda como pão que não se vende. A essa moça, porque é moça ainda, falta algo, está claro. E a verdade é que ainda que seja trabalhadora e se levante de madrugada, o armazém costuma ter um movimento intenso para ela sozinha, pobrezinha...

Chupou tranquilamente o mate, depois continuou:

— E tem bom caráter a patroinha... Quando vivia o finado, tudo era mimo e comidinhas... Agora, junta os filhotes que encontra e os trata como filhos... Para mim, ao seu lado não falta nada, e isso que sou um velho estropiado que não vale o sal que come. E faz muita caridade, e não tem rancho de pobre por aqui perto que não a queira como ao pão bendito.

— Fico alegre de ter uma patroa assim — disse-lhe —, desse modo vou ficar aqui a vida inteira.

Olhou-me com um risinho maroto e depois de um tempo acrescentou, enquanto acendia um candeeiro de sebo de carneiro:

— Veja, o que deve fazer, mocinho, é andar nos trilhos e nada mais; e fazer elogios, mas sem faltar o respeito, isso sim. Você não me parece lento, ainda mais para trabalhar duro, e ela, a pobrezinha, precisa de companhia.

Escute este velho que já viu muita coisa neste mundo e siga seu conselho, que tudo vai sair bem. E agora, vamos pôr a carne no espeto e colocar a salmoura para que acabe de assar com o calor das brasas. Vai ver que churrasco! Também já não sirvo para outra coisa.

Tirei a faca e procurei onde afiá-la, pensando no que tinha me dito nhô Cipriano, que me interessou muito. A verdade é que ali podiam acabar minhas penúrias, sem fazer mal a ninguém, e começar uma vida tranquila e honrada, com uma boa mulher, uns pesos sempre no bolso, trabalho sem muito esforço e divertido, um golinho quando tiver vontade, comida abundante, cama macia.

— Não quis contratar ninguém de todos os que vieram se oferecer — disse nhô Cipriano. — E se escolheu você é porque já tem mais da metade do caminho andado. Arrisque-se sem medo, moço.

Ia responder quando ouvi que dona Carolina me chamava da ramada.

— Ei, jovem, ei. Venha aqui, faça o favor.

Ainda não tinha dito meu nome a ela. Saí e fui para a ramada.

— Não! — gritou dona Carolina. — Entre

pelo pátio, que nós dois vamos comer aqui dentro, nesta mesa.

Tinha posto uma toalha limpinha, dois talheres, uma pilha de pratos, pão, queijo fresco, uma lata de sardinhas aberta e um grande prato de nozes e passas.

— Aqui comemos como pobre, o senhor deve entender porque não tem como fazer muita coisa.

— Não diga isso, senhora! — respondi. — Se visse as farinhas que comi todo esse tempo, e o milho cozido das províncias do norte, não pensaria isso. Muitas vezes passei com uma bolacha e um traguinho de aguardente, e em outros dias sem bolacha.

— Pobre moço! — disse dona Carolina, que se pôs muito triste, e meio lacrimejava, como eu no galpão com fumaça. — Mas agora, sempre terá o mais necessário, porque aqui, graças a Deus, nunca falta o que comer.

E naquela noite ao menos era verdade, porque comemos sopa de macarrão, as sardinhas, uma salada de carne, assado, o queijo, as passas e as nozes, e sabe lá o que mais, até que tive que dizer que não queria mais, ao servir a segunda garrafa do vinho que tínhamos experimentado com o distribuidor.

Nem preciso contar-lhes a conversa enquanto jantávamos, nem como estava alegre quando me deitei, nem como dormi bem essa noite em um montão de mantas e pelegos bem lavados e muito macios... e até com lençóis!

VI

Levantei cedinho, peguei uma vassoura e comecei a varrer a ramada e o corredor da casa, porque sinhá Carolina ainda estava dormindo lá dentro.

De repente apareceu, tirou a vassoura de minhas mãos, como se estivesse muito irritada, e me disse:

— Não quero que faça isso! Entre na loja; arrume as bebidas e depois... Sabe escrever?

— Como não, senhora. E tenho a letra bem bonita.

— Bem, me alegro. Então vá passar a limpo a caderneta das contas.

— Perfeitamente, senhora: farei tudo o que

mandar. Mas também não me incomodo de varrer, se quiser posso fazer as três coisas, porque as manhãs são longas ainda.

— Não, não! Vá para a loja e está bem; eu irei ajudá-lo em seguida.

E que tal? O que me dizem? Parece que os primeiros golpes estavam bem dados, não?

Entrei no armazém, tomei o café da manhã, mais abundante e melhor que de costume, e comecei a arrumar as garrafas, que em sua maior parte eram falsificadas no alambique de Pago Chico e umas misturas asquerosas. Ao ver isto, tive uma ideia que deveria dar muito bons resultados. Quando acabei com as garrafas, procurei uma caderneta nova e comecei a copiar a velha, toda danificada e sebenta de tanto manuseio, cheia de rabiscos, rasgos e borrões. Escrevi que era um primor e já estava acabando quando entrou *misiá* Carolina, que ficou espantada ao ver meu trabalho e me olhou com admiração, quase com medo de que fosse desaparecer. Para surpreendê-la ainda mais, disse-lhe por cima do cigarro:

— Sabe, senhora, o que me ocorreu? Como eu sei fabricar conhaque, fazer dois garrafões de vinho de um só, falsificar o bíter, o absinto, o anis e tudo mais, o mesmo que misturar a erva boa com a ruim sem que se perceba, podemos fazer aqui todas essas coisas. A senhora ganharia muitíssimo mais que agora, pois está pagando o falsificador de Pago Chico.

Misiá Carolina arregalou os olhos, riu um pouquinho, mas não consentiu em seguida.

— Isso é tão difícil! É preciso tanta coisa!

— Não é verdade, senhora. Com pouca coisa dá para fazer.

— Não importa; agora, não; depois veremos. Há tempo!

Mas eu já havia ganhado sua confiança, e meio que se recostou no meu ombro para ver de novo a primorosa caderneta.

Tão bem iam as coisas, que nessa manhã o almoço foi melhor ainda que o jantar da noite anterior, porque, além do cozido, teve galinha com arroz, tortilha, doce de milho com leite e marmelada. A patroa estava apostando tudo ou pouco menos.

Aí começou a vida farta, as grandes conversas e bebedeiras com os passantes, as jogadas de mus[4], o truco e a taba, as cantorias

---

[4] Mus: jogo de cartas. (N.T.)

e violas, as viagens de um dia inteiro até Pago no baio pangaré.

— Divirta-se, apenas divirta-se — dizia *misiá* Carolina —, que para isso se é jovem, desde que não me falte ao trabalho...

A verdade é que a gringa não falava assim como eu disse. Reconhecia-se que era italiana, e dizia *jovene*, *trabalio*... Mas isso não tem importância. Enfim, eu me divertia e gozava a vida sem ter que pensar em nada. Que importa o modo de falar então? Eu também posso ser fino quando quero — e por que não? —, porém gosto que todos me entendam.

Bom, então, como as coisas iam tão bem, eu me animei com a gringa. Já fazia tempo que andava rondando-a, mas não sabia como começar a declaração e me dava medo de dar com os burros n'água. Finalmente, naquela tardezinha disse a mim mesmo: "Amigo Laucha" (eu também me acostumei com isso de Laucha), "amigo Laucha, o que está feito, está; e não deixe escapar a chance". E assim fui.

Quando já estávamos acabando de comer, esperei uma brecha e disse-lhe:

— Quer dizer que desde que enviuvou,

misiá Carolina, tem estado sozinha... sozinha com sua alma?

Falei com voz trêmula e olhando-a meio de soslaio.

— Faz mais de um ano! — suspirou a gringa.

Eu aproveitei a deixa:

— Que pena, tão jovem! — e em seguida murmurei bem devagar... — E tão bonita!

De verdade, dona Carolina não tinha nessa época nada de feia, era grande e gorda, como eu gosto, pode ser por que sou assim magricela e baixinho.

— Que fazer? Assim são as coisas da vida! — disse suspirando outra vez e como se não houvesse ouvido a cantada. — E sozinha com minha alma hei de morrer, pois quem vai me querer, assim velha e feia?

A gringa tinha esperado para retrucar o elogio, mas com toda a habilidade deixava um jogo aberto para minhas intenções... e para as dela.

— Senhora! — respondi-lhe, por cima do cigarro e muito empertigado. — A senhora está em uma posição melhor que a minha, e mesmo que não estivesse, perdoe meu atrevimento, eu me comprometeria em fazê-la feliz e com que se esquecesse do finado. E sabe por quê? Porque mal a vi e já achei simpática, e hoje a quero do fundo do coração.

Dona Carolina abaixou a cabeça em direção ao prato, como se fosse continuar comendo; mas não comeu, e depois me disse devagar, como que com medo de que levasse a sério o que me dizia:

— Não vamos falar dessas coisas.

Eu fiquei quieto, porque não tinha necessidade de esticar muito a corda, e era melhor passar por curto de inteligência. Foi ela que falou primeiro, enquanto estava servindo a sobremesa.

— Conte algo do senhor, de sua vida — disse-me. — Sabe que eu gosto muito de ouvi-lo falar.

— Minha vida tem sido tão triste até agora, *misi*á Carolina! Puras penas e nada mais. Sofri muito e não quero incomodá-la com minhas lembranças.

— Bom — contestou meio aflita. — Não quero que volte a ficar triste — e entusiasmando-se, continuou. — Já não há de passar mais penúrias, porque não vai ficar toda a vida comigo como um ajudante. O senhor é trabalhador, embora goste de se divertir às vezes... Vou torná-lo sócio, já sabe que neste armazém se ganha um dinheirinho. Todas as noites tiro trinta ou trinta e cinco pesos do caixa, e também tem que contar os fiados e as cadernetas. Mas se o senhor mesmo fizer as bebidas, que é o mais caro, ganharemos muito mais.

— É isso mesmo, senhora! — disse-lhe, com os olhos arregalados.

— Diga, então, do que precisa — ela continuou —, e eu lhe darei o dinheiro para que vá a Chivilcoy, ou mesmo a Buenos Aires, se for melhor, e traga tudo.

— Veja, dona Carolina, faz-me chorar de tão boa que é! E acredite que não está favorecendo um ingrato.

E fiz a cena de limpar os olhos com um lenço de seda azul — ah, garoto! — que ela me deu de presente nos primeiros dias e que trazia limpinho e bem passado. Depois continuei:

— Então, senhora, irei amanhã mesmo, se lhe parece bem, e com duzentos pesos farei a viagem e comprarei as coisas e as misturas que são necessárias. E, em um ano, não terá que comprar do ladino do vendedor de bebidas nada além de soda e cerveja.

— Está bem! Amanhã mesmo você vai.

Pensei em me aproximar ao ver que lhe brilhavam os olhos, mas em seguida me pareceu que podia ser que ainda corcoveasse.

Eu, no final das contas, sou um pouco curto de inteligência, mas não muito.

VII

Nessa noite ficou acertado e combinado tudo para a fabricação, e em bom caminho as outras coisas, que pelo visto não haviam desgostado à gringa. Ah! Quase esqueci! Também me disse:

— O senhor não tem capital e aqui na bodega tem um capitalzinho de uns poucos milhares de pesos. Mas faremos de conta que a metade é do senhor, para não andar em dificuldades.

Eu saí contentíssimo para o galpão, onde tinha minha cama; mas embora fosse macia, passei quase a noite toda me revirando, sem poder pegar no sono.

E assim que começou a clarear, já estava com os pés tinindo e com tudo pronto para a viagem...

Tomei um chimarrão com nhô Cipriano, que dormia na outra ponta do galpão sobre umas mantas velhas, e com quem tinha feito forte amizade. Quando lhe contei da sociedade e da viagem, dançando de alegria, disse-me muito sério:

— Tenha muito cuidado, paisano, com o que faz na cidade; não vá deixar que o assado torre antes de estar no ponto. Você vai longe, mas mais longe vão as mulheres... Por natureza desconfiadas e ladinas, quando um vai, já estão de volta. Não se descuide, e permaneça de pé quando já estiver se apoiando.

Fiz-me de desentendido e ri, passando-lhe o mate que tomávamos uma vez cada um, ao modo dos tropeiros. Depois me levantei para ir embora.

— Bem, até a volta, amigo dom Cipriano.

— Passe bem e até a volta, moço. Não demore, que ao boi lento... já sabe.

Fui me despedir da gringa que me deu três ou quatro sacudidas de mãos, com os olhos aguacentos, montei o cavalo baio que já havia encilhado, e com seu galope segui até um armazém do lado da estação de Pago Chico. Deixei ali o pangaré, muito recomendado, e me distraí tomando umas caninhas, porque ainda faltava um pouco para o trem.

Em Buenos Aires comprei etiquetas com todos os nomes e todas as marcas de bebidas, rolhas, lacre, cápsulas de lata, essências de tudo e uns garrafões de aguardente muito forte, que é o principal para as bebidas. Não me esqueci dos pós de anilina para dar cor, nem de ervas e paus de drogaria de que precisava. Comprei também, para o caso de necessidade, um "Manual do Licorista" e, sem perder tempo, lembrando o conselho de nhô Cipriano, voltei a Pago Chico e me dirigi em seguida para "La Polvadera", como costumavam chamar a casa de comércio.

Não tenho vontade de contar como me recebeu dona Carolina, mas lhes asseguro que não foi mal. Não! O que é isso, não! Até aí ainda não chegava a farsa...

Bom, no outro dia mesmo, já comecei a fazer minhas beberagens, e daí saiu anis, conhaque, gim, licor de cereja e até vermute; peguei todo o vinho que havia (deixando alguns garrafões separados para nosso uso), pus muita aguardente, um pouco de anilina, e de cada quarto consegui fazer mais de dois, como havia prometido à minha gringa. E ainda me lembro de que, entusiasmado com o trabalho, até inventei licores, ou melhor dizendo, as cores, e assim fiz cachaça de pêssegos azuis, gim amarelo como ouro, bíter de laranja verde e vermelha e um licorzinho muito doce de baunilha, cor de violeta, que os tropeiros gostavam de levar para as namoradas de presente, por ser gostoso e, sobretudo, pelo bonito que era.

A coisa resultou magnífica, e os clientes preferiam algumas bebidas feitas por mim às legítimas, pode ser porque eram mais fortes. E diziam ao pedir:

— Ei, moço, uma cachaça... da que o patrão toma!

Carolina estava morta de feliz e um dia me disse:

— Você tem umas mãos de anjo (dizia *angelo*) e estamos ganhando muito dinheiro. E, quer saber, o que eu precisava era de um jovem (dizia *jovene*) como você. E agora, que já o conheço bem, posso lhe prometer que vamos ser felizes em todos os sentidos.

Eu não tinha voltado a falar do assunto sério, mas durante todo aquele tempo, olhava-a com olhos de carneiro degolado, rondando-a e pensando: "Já vai cair! Já vai cair, minha querida!", certo de que não ia me escapar. E ainda me fazendo de tonto, saí com esta finura:

— Que quer dizer, senhora, com *felizes em todos os sentidos*?

A gringa se fez de desentendida, respondendo-me vermelha:

— Conversaremos esta noite, depois de fechar o armazém. Então, lhe darei a resposta.

Eu teria dançado em um pé só, de puro contentamento.

E, efetivamente, quando acabamos de comer, fechei a porta da ramada, que se fechava por fora, entrei no armazém pela do pátio e encontrei dona Carolina me esperando.

— Agora pode me dizer — comecei devagar, para afastar os últimos receios dela.

Mas já não havia necessidade de tantas histórias.

— Bom, conversemos — disse muito séria. — Mas antes, diga-me a verdade... Você se casaria comigo?

Ia responder, mas não me deixou.

— Sou um pouco velha e feia — continuou com uma espécie de charminho que hoje me faz rir —, mas lhe quero muito, e como disse hoje, podemos ser felizes em todos os sentidos. A questão é que tem que se casar comigo, senão, *niente*!

Eu nunca havia pensado em semelhante coisa, mas compreendi que a gringa não ia afrouxar nem por um queijo, e consegui sair-me bem.

— Oh! *Misiá* Carolina. Nunca pensei em outra coisa e casar com a senhora será minha felicidade — disse-lhe.

Riu alegre e me deu a mão que apertou muito, com olhos meio lacrimejantes.

— Bom, bom! — continuou. — Então eu lhe darei o que quiser e, se não há inconveniente, amanhã mesmo vá a Pago Chico comprar tudo que falta para casarmos enquanto correm os proclamas...

E para me seduzir mais do que já estava, disse-me que o negócio não era mais que uma parte de sua fortuninha, porque tinha um campinho ali perto, arrendado a uns bascos, uns pesinhos em Buenos Aires, no Banco de Itália, e algumas coisinhas mais que eu veria depois.

— Ainda que não tivesse onde cair morta, *misiá* Carolina — disse-lhe contentíssimo —, seria o mesmo para mim, e me casaria com a senhora imediatamente. Claro! Amanhã mesmo vou a Pago Chico fazer as compras, ver o padre, procurar os padrinhos e mandar fazer uma roupinha decente, porque não hei de casar como um esfarrapado.

E, segurando-a pela cintura, como para dançar, gritei:

— Você verá, minha querida, quão felizes vamos ser!

Mas ainda que o negócio me conviesse muito, eu não deixava de ter um pouco de vergonha, pelos conhecidos e pela família que não iam deixar de saber de meu casamento, porque, apesar de tudo, eu não sou um qualquer, embora tenha andado mais pobre que um indigente. E me ocorreu uma ideia estupenda:

— Olhe, querida — disse por cima do cigarro —, como você é viúva e eu sou um pouquinho mais jovem, como não tenho um real nem para remédio, além do que você me dá, será melhor não darmos o que falar para os linguarudos, você sabe como essa gente é maldosa e fuxiqueira, ainda mais em Pago Chico. Vamos nos casar, mas sem festa, que para festa bastamos nós dois.

— E isso agora? — perguntou meio desconfiada.

— Olha! Acertamos com o padre Papagna a dispensa dos proclamas; ele vem aqui mesmo e nos casa, com algum vizinho, ou o próprio nhô Cipriano e uma amiga de confiança de padrinhos e, depois, quando todo mundo já souber e estiver acostumado, se a gente quiser, pode dar quantas festas tiver vontade, sem que ninguém ria da gente, nem ande de falatório, nem repreensões...

— Faça o que quiser! — disse por fim a gringa, que estava mais feliz que cachorro solto. — Desde que o padre nos case e nos dê a bênção diante dos padrinhos, não importa nada. Faça como quiser.

VIII

Pois, senhor! Faço um parênteses para contar a história do padre, que é realmente divertida e me deixou verdadeiramente espantado e meio tonto, embora tenha visto coisas estranhas na vida.

Este padre, que era um napolitano da gema, fazia pouco que estava em Pago, mas já tinha ficado riquíssimo e pensava em ir embora rápido para sua terra. Rico! Digam-me, façam-me o favor, como pode um padre ficar rico em um povoado de campo; embora chovam as esmolas e gotejèm as velas para os santos, e faça como o sacristão de Nossa Senhora da Estrela: "metade p'ra mim, metade p'ra ela". Eu não pensava, nem muitos pensavam também, que o padre Papagna estivesse sequer regular, mas que era um verdadeiro malandro, era; um grande canalha, um frei como não tenho visto outro em todas as minhas passagens por esta terra, nas quais encontrei uns muito bons, outros regulares e outros muito maus... Mas nenhum como aquele!

O padre Papagna era baixinho, gorducho, muito narigudo, bastante grisalho, com umas mãos peludas e como patas de gavião, mas mais grossas, naturalmente! Andava sempre com a batina cheia de manchas e a barba sem fazer de muitos dias, assim parecia – e era – um sujo! Eu não sei se já notaram que muita gente não faz a barba nunca, mas então, como sempre têm os pelinhos da barba curtos?

Bom, quando ia para o campo, casar ou batizar, ia em um baio tão peludo e sujo como ele. Pelo povoado era pouco visto, só na própria igreja e na hora da missa, ou quando havia rosário, novenas, ou sei lá o quê. Segundo os comerciantes de Pago, nunca gastava um tostão e até vendia as galinhas e franguinhos que as beatas lhe levavam de presente. Sempre andava chorando miséria, embora o corpo destilasse gordura por todos os lados. Corria na boca do povo cada história sobre ele! Muitos vizinhos se queixaram várias vezes ao arcebispo, não me lembro bem por quê, mas o arcebispo se fazia de morto, e o padre Papagna continuava solto de corpo na paróquia, casando, batizando, dizendo missa e predicando... Vieram os sermões! Era coisa de morrer de rir. Não se ouviam mais que as notícias das barbaridades e mentiras que soltava meio em napolitano, porque nem o italiano sabia direito. Quando fui falar com ele, estava na sacristia, sentado perto de uma mesa sebosa, com as mãos cruzadas sobre a barriga redonda como um grande queijo bola.

— Que *vulite?* — me perguntou.

— Eu, senhor padre... vim... vim porque vou me casar...

— *Va bene, va bene. Som detche nationale...* E *qui no se casa? Bisonha pagare antechipate per publicazione... proclames...* A *mocha* é de cá? Eh! *Vedite... detche nationale* é pouca paga.

— Espere um pouco, senhor padre! É que eu queria a..., como se diz? Ah! Sim! A dispensa dos proclamas.

— *Alora som tranta.*

— E que nos casasse na casa da noiva...
— *Alora som sessanta... Num* posso *fá meno.*
— Oh! Isso não tem importância, senhor padre, vamos pagar os sessenta pesos... Mas quando pode nos casar?
— *Quanne vulite.* E *qui* é a *compromessa?*
— A que...?
— A *mocha...*
— Ah! Sim! Dona Carolina, a viúva, sabe? A do armazém da Polvadera.
— *Va bene, va bene.*

E o padre ficou um pouco calado, pensando. Depois, meio rindo, levantou da cadeira, aproximou-se e, agarrando a gola da jaqueta, disse baixinho, como se quisesse que ninguém ouvisse.

Ah! Como parece que aqui ninguém fala napolitano, vou fazê-lo falar em língua nativa mesmo.

— Mas o senhor quer se casar de verdade? No livro da paróquia? – me perguntou.

A princípio não entendi o que ele queria dizer e olhei para ele sobressaltado.

— Por que diz isso? – perguntei finalmente.
— Eh! – me contestou o sem-vergonha. – Porque há gente que quer casar, sim, mas que

O Casamento de Laucha 53

não se ponha o casamento no livro... Então eu faço um certificado em um papel solto e dou para que o guardem. Então... Mas não vá dizer nada, viu?

— Nem em sonho, padre!
— De verdade?
— Juro em nome da cruz!
— Então, se a mulher é boa, eles guardam o certificado; mas se não é boa, rasgam e mudam se quiserem, e a mulher não pode fazer nada, sabe? Eu tenho permissão para casar assim, mas ninguém tem que ficar sabendo, porque é um segredo da igreja... E também é muito mais caro que o outro casamento.

Imaginem se o padre folgado ia ter permissão! Era uma história que havia inventado para *far l'América* e encher rapidamente o bolso, embora fosse direto para o inferno, tanta vontade tinha de voltar para sua terra para comer polenta e macarrão.

Mas, depois de um tempinho, claro, pensei que não seria mal casar assim como ele dizia, embora nunca, muito menos na época, me havia passado pela cabeça enganar a gringa, tão boa e carinhosa. O diabo do padre me tentou; eu não tinha culpa, afinal de contas, e como dinheiro não era problema, porque Carolina tinha bastante, caí na armadilha, pois parecia ser uma segurança para mim, e disse para o padre:

— E quanto seria desse modo, padre Papagna?

— *Tretchento pesi*.

— Não pode ser menos? — perguntei, porque para pechinchar sempre há tempo.

— Nem um *tchentavo*! E, além disso, o senhor vai me jurar, pelo santo Deus e a santíssima Virgem, que não vai dizer nada a ninguém enquanto eu estiver em *cuest'América*!

— O que o senhor quer, padre? Não posso lhe dar tanto. E nem lhe pago, nem lhe juro — acrescentei, para obrigá-lo a baixar o preço.

Ele meio que se assustou e, dando tapinhas no meu ombro, começou a tentar me amansar. Mas não afrouxei, nem ele tampouco, e assim estivemos um bom tempo regateando. Imaginem que negócio para pechinchar! Hoje ainda estou me persignando. Enfim, quando deixou a coisa em cento e cinquenta pesos, lhe disse:

— Está bem, pago e juro! — dando um tapinha na barriga, porque já havia perdido todo o respeito por ele, não é?

Tirei o maço que Carolina havia me dado e comecei a contar. Se vissem os olhos do frei! Parecia que ia comer o dinheiro.

Quando lhe dei os cento e cinquenta, pegou com suas garras de gavião, de meio-luto pela sujeira, ele também contou e tornou a contar. Levantou a batina e os meteu bem no fundo do bolso da calça que tinha por baixo, para que não escapassem.

E que safado! Enquanto estava guardando o dinheiro, tremia todo, como se fosse paralítico. Nunca vi coisa igual! Depois sossegou um pouco e me disse:

— Bem, agora vamos jurar.

Levou-me à igreja pela porta da sacristia, fez-me ajoelhar em frente ao altar-mor e com muita seriedade começou:

— Jura por Deus e pelo Santíssimo Sacramento e pela Santa Virgem não dizer nunca a ninguém como eu os casei, enquanto eu estiver em Pago Chico e na América?

— Sim, juro! — respondi forte.

— Ponha a mão sobre este livro, que é o evangelho, e desta cruz e jure outra vez! E se faltar ao juramento, os diabos o perseguirão nesta vida e o farão arder no inferno na outra.

Pus a mão como ele dizia e jurei de novo.

— Bem, agora se levante, diga-me quando quer casar e pode ir embora.

— Hoje é quinta-feira; segunda à noite, que lhe parece?

— *Benissimo!* Às nove, não?

— Muito bem; e não temos que nos confessar?

— Eh! Que confessar, nem confessar! Para esse tipo de casamento não precisa!

IX

Imaginem como fui contente comprar os móveis, embora os pesinhos que me deu a gringa Carolina tivessem minguado. Gastei todos e ainda fiquei devendo em nome da gringa, para pagar em dois ou três meses; o negociante não pôs problemas para fazer fiado, porque já se sabia em Pago que eu era sócio do armazém e alguns diziam que a gringa era "minha querida". O povo é tão maldoso!

Bom, então nos casamos na segunda-feira que havíamos combinado com o padre, e ficaram de padrinhos o velho nhô Cipriano e uma mulata meio adivinha que vivia em um ranchinho perto da venda e sempre andava descalça e de lenço vermelho na cabeça.

Carolina colocou um grande conjunto de seda preta, com saias de babados e uma blusa ajustada na cintura, pôs um xale na cabeça, que passava por trás das orelhas e amarrava debaixo do queixo, uns brincos compridos de ouro que balançavam ao lado da cara redonda e rubra, e um enorme medalhão com o retrato de meio-corpo do finado. Depois, pôs o meu.

O padre, que foi em seu baio peludo, sem sacristão nem nada, disse suas palavras de padre em dois minutos, fez assinar a certidão de casamento, assinou ele também, saiu comigo ao pátio, deu-me o papel sem que ninguém visse, montou no pangaré e foi no trote embora para o povoado, gritando:

— Que *siano felitche*!

Não ficou nem para comer, como havia convidado Carolina — e isso que era um grande guloso —, seguramente para que em Pago não se fosse maliciar a história do casório fajuto.

Mas levou um frango assado, uma garrafa de Chianti e outras coisinhas mais...

Carolina, que se virava sozinha nessas coisas, havia feito um jantarzinho de regular para cima, e os quatro – eu, ela, nhô Cipriano e a mulata – nos sentamos para comer e beber até não aguentar mais. Não, não é brincadeira! O velho se agarrou ao vinho como órfão faminto de leite recém-ordenhado. A mulata, na continuação. Carolina ficou meio alegre, e eu... não vou dizer nada! À sobremesa, nhô Cipriano, para rematar a festa, se agarrou a uma cachaça de pêssego e, soltando provérbios e dando conselhos, ficou tão bêbado que tivemos que levá-lo ao galpão entre os três.

– Coisas da vida! Coisas da vida! – dizia a mulata, enrolando a língua, lacrimejando e lerda com a bebedeira.

De repente ficou enlouquecida e, como não podia nem ficar em pé, teve que ficar ali naquela noite. No outro dia, disse a Carolina que tinha sonhado que um anjo baixava do céu para bendizer a mim e a ela, e que isso era um sinal seguro de que íamos ser muito felizes. Também sonhou que davam de presente a ela uns franguinhos e um corte de vestido. Vejam que mulata espertalhona!

A gringa, de puro contentamento, pois eu

não havia sido mesquinho naquela noite — e, como não? Podem dar risada, depois de andar na penúria tanto tempo! —, deu de presente efetivamente as galinhas e o tecido e até me parece que um par de pesos de brinde, com os quais a mulata foi embora contentíssima, mostrando os dentes e com os olhos brilhantes.

Eu a parei perto da cerca para pedir-lhe que não dissesse nada do casamento, que tinha que ser coisa muito secreta.

— E pra quem vou falar — me respondeu —, se logo vou embora de Pago?

E era verdade, porque dali dois meses ela partiu.

Mas vejam como são as coisas! Tínhamos começado tão bem quando, zás-trás, não faltou quem viesse desafinar a música. Nesta vida não há festa completa.

Nhô Cipriano, que deixamos estirado no galpão, ainda não tinha aparecido, embora o sol já estivesse alto. No começo não percebemos, mas Carolina me perguntou de repente:

— Tchê, você viu o velho?
— Não, e você?
— Também não.

— Será que foi ao arroio com os porcos? Quem sabe se não aconteceu alguma coisa?

— Deve estar dormindo de ressaca, mas vamos conferir.

Fomos ao galpão — e o que posso dizer? —, encontramos o velho nhô Cipriano estendido com a pança para cima, imóvel, com a cara violeta e frio, gelado. Carolina, assustada, começou a dar-lhe cutucões, mas, caramba!, o pobre velho com a bebedeira tinha batido as botas. A gringa se pôs a chorar como uma Madalena.

— Mas o que foi que te deu para chorar desse jeito? — perguntei a ela.

— É que... é que nhô Cipriano era tão bom! E, além disso...

— Além disso, o quê?

— Parece que temos que ser muito desgraçados. Veja que casamento, com um defunto em casa no primeiro dia!

— Bah! Não seja tonta! — disse-lhe, aborrecido. — Nhô Cipriano estava muito velho e qualquer dia tinha que esticar as canelas! Isso não quer dizer nada; e, sabe, mortos não falam. E, ainda mais, lembre-se do anjo e não chore, boba.

Meio que se acalmou com o que eu disse, mas ficou sentida para sempre, assustadiça e tristonha. Assim são as mulheres, companheiros: cheias de presságios!

Tive que me incomodar indo ao povoado para avisar as autoridades. À tarde se apresentaram o comissário Barraba, o doutor Carbonero, que era médico legista, e dois milicos. Depois de muito vascular e moer-nos de perguntas, de como havia sido, e como não, levaram nhô Cipriano num carrinho para abri-lo e ver de que havia passado desta para melhor. Fiquei sozinho com Carolina, ainda mais triste e assustada.

— Vão destripar o pobre! Que desgraça! *Maledetta sorte!*

E voltou a soluçar.

— Olhe só, uma mulher tão grande e tão pateta! Deixe de choro *misiá* Carolina, que isso é para crianças - disse de brincadeira. — Como poderá sofrer nhô Cipriano se estiverem mexendo dentro dele a estas horas? Deixe disso e vamos tratar de nos divertir um pouco. Os mortos não querem incomodar os vivos, só querem que os deixem em paz. Tenha medo se quiser, mas agora vamos ver se comemos, e bem!

Não lhes parece natural?

Carolina sossegou um pouco, foi cozinhar, comemos depois de fechar o armazém, eu tratei de alegrá-la contando uma série de provérbios e até milongas, e deitamos cedo. No outro dia começou a vida boa e a farra, depois de enterrar nhô Cipriano que estava bem morto e sem nenhum culpado.

Os amigos — e já tinha uma porção — caíam como moscas na Polvadera e eu os brindava da melhor forma possível.

Carolina passava a vida entre panelas e arrumando a casa. Nós, para passar o tempo, e cada vez mais bebendo, armávamos joguinhos de truco e taba; depois fizemos rinhas de galos e até demos festinhas no pátio, entre a cerca e a ramada.

Na taba e nas rinhas, o comissário que me havia dado permissão, embora o jogo fosse proibido em toda a província, não levava mais que a metade da féria, assim, tudo estaria saindo perfeitamente, se a mim também não desse a louca de jogar pesado.

Como sempre perdia, Carolina começou a resmungar.

— Bem que eu disse quando encontramos

o pobre nhô Cipriano que isso ia trazer desgraça! Agora tudo começa a andar mal. Oh! Madona, Madona minha!

E estes choramingos e resmungos foram piorando, piorando. A gringa ficou com um humor do cão. Queria sempre se impor e tínhamos um sem fim de bate-bocas; mas quem havia de poder comigo? nem que vestisse minhas calças, que tenho tão bem postas! A cada arranca-rabo, eu, por gosto, deixava pior ainda, tomava uma bebedeira e o vinho de reserva era quem pagava o pato.

Por conselho de um amigo, e mesmo deixando a gringa muito furiosa, mandei arrumar o caminho real, no trecho que ficava em frente a Polvadera, que ficou caprichado como uma mesa de bilhar. E aí mesmo armei corridas aos domingos, também com permissão do comissário Barraba, que aparecia às vezes para cobrar a propina em pessoa, para que não houvesse barulho nem brigas, dizia.

Se pudessem ver a farra que foi! Os paisanos vinham que era uma beleza, e a bebedeira e o fandango duravam desde a manhã até o anoitecer, a gaveta se enchia de cobres, e eu tinha negócio e diversão ao mesmo tempo.

Mas comprei um potrilho castanho escuro, e essa foi a minha perdição.

Um azar tremendo não me dava tréguas. Se jogava taba, zás, perdia todas sem faltar uma vez. No mus sempre havia quem desempatava primeiro e dê-lhe pagar! No truco, parecia coisa do diabo, os companheiros gozavam de mim de que eu era capaz de perder a aposta com trinta e três na mão. Se cantava "flor", me pediam "contraflor" e o resto, se caía uma carta ótima, podia ter certeza de que o adversário tinha uma carta melhor ainda e me dava o mate. Meus galos, quando não fugiam, tinham que ser mortos nas primeiras trocas. "Puxa, como foi covarde!" — costumavam dizer os camaradas. Era uma maldição, e eu, como é natural, ficava cada vez mais brabo e buscava a desforra como um touro furioso.

E como de uva em uva se acaba o parreiral, os pesos voavam que era uma beleza. Mas eu tinha uma grande esperança que era o potrilho castanho, lindo animal, fino de patas, de pescoço largo e cabeça pequena, delgado, sem isto de barriga, voluntarioso como ele só e mais manso que o baio rosado de Laguna. Eu mesmo lhe dava de comer, dava banho, escovava e todas as manhãs cedinho saía para treiná-lo onde não me vissem. E em umas quantas largadas que fizemos de graça e em segredo com uns amigos, o resultado foi a meu favor. Que parelheiro! Com ele não iam me ganhar nem por sorte.

Carolina, com tudo isso, vendo que o dinheirinho ia embora como a água de uma tina sem arcos, começou a me provocar mais do que nunca.

— Assim não podemos continuar! Você está jogando fora tudo que ganhei com meu *trabalio*, canalha!

Quando estava irritado, muito, eu gritava também e mais forte que ela.

— Deixe-me em paz, sua gringa de uma figa! Não me incomode que pode te custar muito caro. Cale a boca, e bem depressa. Entendeu? Se não calar a boca, vai pesar para o teu lado!

Era aí que me lembrava da história do casamento e do papel que o padre me deu, mas sem intenção de deixá-la, pobrezinha.

Quis esconder o dinheiro, mas como que eu não ia achar quando me dava vontade de cortar o monte ou jogar um truco de quatro? Carolina, ao ver que eu havia bisbilhotado em suas coisas, gritava e xingava primeiro, depois se punha a chorar em um canto.

— Não é pelo dinheiro! Não é pelo dinheiro! É que vejo que não gosta de mim e que não pensa mais no amanhã.

— Deixa disso, minha filha — contestava então, amansado por seus choramingos. — Você vai ver como vamos à desforra. Não se aflija, boba. Sim, vamos ser muito felizes.

— Ah! Madona, madona minha! — suspirava a gringa.

Quando achei que o potrilho estava no ponto de caramelo, aprontei-me para dar o grande golpe. Eu o mantinha escondido, como já lhes disse, e não o conheciam mais que dois ou três amigos, que pensavam jogar pesado em suas patas e que não iam revelá-lo nem por um queijo.

Num domingo de madrugada, peguei-o e cortei seu pelo sem cuidado, enchi o rabo de barro e abrolhos e deixei-o, por fim, que parecia o último matungo de um sítio de galegos. Depois lhe pus umas ferragens velhas e encarreguei um peão dos Torres, que tinha comprado, que na hora das corridas aparecesse no armazém montando-o. O peão levou o parelheiro.

— Hoje vou correr com o zaino — disse a Carolina.

— Deixe dessas coisas — me contestou. — Que corridas, nem corridas. O jogo é a perdição do cristão.

— Desta vez tenho certeza de que vou ganhar. Deixei o castanho como um desconhecido, vão pensar que ele é um pangaré, e você vai ver o quanto de dinheiro nós vamos ganhar.

— Prometa-me, ao menos — disse a gringa, aproveitando-se ao ver que eu estava mais manso —, prometa-me, ao menos, que se desta feita perde, não vai mais voltar a jogar.

— Olhe, por estas! — respondi beijando os dedos em cruz.

X

Que querem que lhes diga? Começou a chegar gente e a Polvadera se encheu como a praça de Pago Chico em um vinte e cinco de maio. Ocorreram várias corridas. A bebida corria solta e não dávamos conta de servir. O povo se animava que era uma beleza, quando chegou o peão com meu zaino.

Havia um tal de Contreras que punha muita fé no seu cavalo, um tordilho, ligeirinho, é verdade, mas não grande coisa. Meu parelheiro não tinha nem para começar.

Contreras era o capeta, mal-intencionado, briguento de alma atravessada e jogava um dinheirão que arranjava não sei como: dizem que quem o dava era o safado do escrivão Ferreiro, para que fizesse sua segurança e para que assustasse seus adversários políticos... com surras e até punhaladas e talhos se a mal não vinha.

— Lindo seu tordilho! — disse, elegendo-o de afilhado, porque era homem de meter um cem e era o que me convinha. — Pena que está tão gordo.

— Gordo? Não venha com brincadeiras. Está em forma, compadre, e é capaz de ganhar do mais pomposo. E isso que viemos de longe.

Mentira! Fazia uma semana que estava descansando em Pago, sendo preparado.

— Bah! — voltei a dizer para animá-lo mais. — Quando começam a ganhar pança...

Olhou-me rindo para que não percebessem a raiva.

— Não suje, que não há quem lave, paisano! Se quer ver a pança, vai ter que pôr óculos. E, barrigudo ou não — continuou gritando —, vamos ver quem é o bonitão que quer perder cem pesos?

Muitos se aproximaram e nos rodearam.

— Nesse estado do cavalo — respondi por

cima do cigarro —, eu corro com qualquer pangaré.

— Ouçam isso! E qual?

— Com esse zaino cheio de abrolhos, sem procurar mais longe. Você me empresta, paisano?

— Como não! — respondeu o peão que o havia levado. — Pode correr.

Contreras olhou com atenção o cavalo, apalpou-o, fez com que ele andasse um pouquinho.

— Este capenga não é o que parece — disse. — Mas... para que não falem... eu topo, bah!

— Pelos cem pesos?

— E então!

— Depositemos!

— Depositemos? Anuncie, compadre! — resmungou, revirando os olhos.

Eu, sabendo que aquilo queria dizer briga, calei a boca, desencilhei o zaino, pus o freio e uma mantinha, tirei o casaco e o colete, fiz uma tira com um lenço vermelho, e já estava!

O pessoal, animado, jogava até não dar mais. Muitos ofereciam dobro a simples contra meu zaino. Eu peguei uma ponta de apostas, os amigos que sabiam da coisa, por conseguinte.

O percurso era de duas quadras. Depois de umas tantas corridas, largamos, e meu potrilho começou a tirar sua vantagem, primeiro a cabeça, depois um pescoço, depois meio corpo, sem castigar! Contreras vinha a duas chicotadas, chicote e chicote! Claro que o tordilho não ia aguentar, mas ele estava cego de raiva com a troça. Eu já via minha a corrida, e para não demonstrar todo o jogo do animalzinho, levava-o sob as rédeas. Assim mesmo tirei um corpo de vantagem, quando – desgraça! – meio matando o seu tordilho, Contreras me alcança, passa a perna no zaino, que roda jogando-me pelas orelhas, e ultrapassa como uma cuspida sem parar até a raia. Ah! Filho de uma...

Por sorte eu caí de pé, mas vejam o vespeiro que se armou! O pessoal gritava, insultava, até sacudia o juiz da corrida. Começaram a brilhar facas, e se o comissário Barraba não se mete, a coisa teria acabado mal.

Contreras voltava no trote, batendo na boca, muito contente. Fiquei com uma raiva!

Quando passou perto de mim – eu ia juntar-me aos outros em frente ao armazém, puxando o zaino rengo –, não me aguentei e gritei:

— Canalha! Trapaceiro, sem-vergonha! Você me passou a perna, filho de uma grande...

Nesse momento pulou do cavalo sacando o punhal. Eu me joguei para trás para desembainhar também.

Eu não gosto muito dessas coisas, mas que fazer? Sou baixinho, magricela, não tenho muita força e, além disso, não entendo muito de facas. Mas o homem me desafiava, os paisanos correram para ver, e eu tinha que enfrentar o perigo...

Deu-me duas punhaladas que consegui desviar, mal e mal. Mas a coisa estava preta, companheiros!

— Mais tarde não há confronto! — gritava Contreras, balançando-se ao meu redor e com uns risinhos provocadores, como zombando de mim.

Eu já me encomendava à Virgem vendo a coisa muito malparada, e o bárbaro, aquele certamente me mata a facadas se não chega Carolina, correndo e gritando feito louca, e, não sei como, com o desespero, claro, arranca-lhe a faca da mão.

— E vocês o deixam, e vocês o deixam! — gritava para os espectadores.

Os gaúchos nos rodearam, apartando-nos, e então se aproximou o comissário Barraba. Eu fiz a estupidez de não contar-lhe a história do zaino, e ele havia apostado no tordilho... É preciso estar com muito azar!

Contreras e a maior parte dos paisanos alegavam que o tordilho havia ganhado limpo, e que o zaino rodou porque era um pangaré, frouxo das patas, não servia para correr. O juiz da corrida gritava feito louco, inutilmente; não lhe faziam caso, nem a mim, tampouco a meus amigos.

— Que resolva o senhor comissário! — gritaram alguns, de repente.

— Sim, é isso aí. É isso aí — zurraram todos os que haviam apostado no tordilho.

O grande safado do Barraba deu a sentença:

— A corrida foi legal. Ganhou Contreras. Contra a força não há resistência.

— Mas senhor comissário... — comecei a falar.

— Fique quieto! Vai ter que pagar a todo mundo.

E tive que pagar assim, quietinho, e aí foram embora os últimos pesinhos guardados... e até os da gaveta do balcão!

Carolina me olhava com os olhos arregalados e, de verdade, a coisa não era para menos.

— Minha alma, devo a você a minha vida — disse.

— Sim, sim! — respondeu meio chorando. — Mas não *giogue* mais, por Deus!

— Claro, fique tranquila.

E me pus a servir os copos e a beber eu também, para esquecer tanta pena. O que querem? A cachaça me fez valente e comecei os convites. Vejam que hora para me exibir!

— Ei, paisanos, bebam do que gostam!

E dali a pouco, dá-lhe outra rodada, e outra...

— Que querem beber, cavalheiros?

Carolina ficou furiosa.

— *Ma! Ma!* — dizia engasgada de raiva.

— A patroa está chamando a *mamma* — dizia um paisano.

— Ou a *ma...múa*[5] do patrão — retrucou outro.

Depois, nunca pude me lembrar! Creio que houve cantoria e baile, e que distribuí tudo que havia de comer e beber na casa.

O certo é que o armazém ficou em má situação. Mas também, que farra!

---

[5] Mamúa: bebedeira. (N.T.)

Na outra manhã, acordei estirado numa vala que havia junto à cerca. Pareceu-me que dormi ali, mas não sei como fui parar em semelhante cama. Quando a gente se abraça a um desses de P.P. y W....[6]

A gringa estava fechada em seu quarto, não queria abrir para mim nem a canhão e, segundo me disse depois, tinha passado a noite chorando desesperada. Quando consegui que me abrisse, tanto chorou e suplicou que amoleci e prometi-lhe que aquela era a última vez, e disse que ia me pôr a trabalhar duro, como um burro se necessário, para reaver tudo o que havíamos perdido, sem voltar a pensar em jogar, nem em galos, nem em corridas.

— Você acha que esqueci que devo minha vida a você? — disse-lhe. — Porque se não fosse você, Contreras me tirava o couro.

Mas o homem propõe e Deus dispõe...

Bom, e o que é que tem? Parece que há quem se assuste com tão pouco. Eu não sou o primeiro que tenha esquecido seus juramentos para seguir seus gostos. Tampouco serei o último... Assim é o homem, cavalheiros, e até o mais esperto, se não for um hipócrita, con-

---

[6] P.P. y W. = marca de um vinho *amontillado* da bodega de D. Pedro Domecq. (N.T.)

fessará que soube esquecer-se muitas vezes de suas boas intenções – das que não havia falado sinceramente pelo menos – para dar satisfação ao que lhe agradava mais.

Isto é sem volta. O que acontece é que alguns sabem parar a tempo, ou têm manha, ou habilidade para fazer o que lhes dá vontade fingindo-se de tonto, sem que ninguém diga nada. Ah, não!

Alguns jogam e ficam bêbados nos clubes sem dar o que falar, e brigam em duelos à vista e paciência dos policiais, e fazem o mesmo que eu fiz e, pior, como o fazem não parece tão mau e ninguém lhes tira o couro.

Enfim, quem sou eu para dizer como a coisa deve ser? O caso é que as bebedeiras e as jogatinas voltaram a me pegar bonito e, de muito burro, como jogava bastante quando estava bêbado, todo mundo se aproveitava de mim como de uma criança. Assim foi embora o dinheirinho guardado, depois o campinho de Carolina. Mas que briga a desse dia, santo Deus! A gringa – podem imaginar? –, até me arranhou a cara, e eu andei um par de dias meio zebruno...

– Olhe, gringa – gritei –, não sabe o que

está fazendo. Quando menos esperar, você vai ver.

Ia dizer-lhe que não estávamos casados, mas caí em conta de que com a raiva era capaz de não assinar a escritura e até me mandar embora do armazém... E fiquei como um poste!

— Se eu soubesse! — a gringa gritava. — Se eu soubesse! *Porca la...*

E puxava os cabelos. Mas assinou...

É preciso dizer que os pesos do Banco da Itália já se haviam ido pelo caminho? Sobrava o armazém... mas quase tão pelado como a palma da mão. Nem um frasco, nem uma roupa. Eu me perguntava muitas vezes como havia ido tudo, sem atinar com tanta confusão, até me dar conta de que Carolina, com suas choradeiras e raivazinhas em vão, descuidava do negócio e o deixava ir barranco abaixo.

Então quis remediar as coisas eu sozinho, comprei muito fiado, e comecei meio a querer arrumar as coisas na bodega. Mas a verdade é que a cachaça e o baralho, além da taba e dos galos, fizeram com que, de repente, começasse a chover demandas e mais demandas, uma papelada. O oficial de justiça não fazia mais nada além de viajar de Pago a Polvadera, como um empregado. E não tínhamos onde procurar uma mãe que nos abrigasse, nem o zaino, que com o rodopio ficou manco! Então me lembrei do que costumava dizer o velho nhô Cipriano:

— Por onde andará o bonitão que não aparece?

A desgraça sempre me havia perseguido, por que haveria de me deixar agora?

Carolina percebeu que estávamos mais lisos que mendigos, que iam vender o armazém para pagar as dívidas, que não tínhamos nem mais um cobre, e um dia armou um banzé. Cristo santo, nem quero lembrar. Animada pela história dos arranhões, até pegou um pau e começou a me dar bordoadas. Como estas são cruzes! Uma sova! Em mim!

Eu — que queriam? —, puxei a faca, naturalmente sem intenção de machucá-la; e só quando me vi com ela na mão, apartou-se, mas arregalando os olhos e soltando espuma pela boca. Nunca a tinha visto tão raivosa. Parecia uma tigresa!

— Canalha! Bandido! Ladrão! É desse jeito que se lembra de que me deve a vida? Devolva meu dinheiro, *birbante, canalia*...

E eu, como ia deixar que continuasse dizendo essas coisas, e até me surrando como uma criança?

— Olhe, Carolina — disse sem soltar a faca —, eu estou me mudando agora mesmo e para sempre, ouviu? Já não te aguento mais.

Sua cara mudou, mas ainda continuou gritando e me insultando.

— O quê? Pensa ir embora, Madona, depois de me deixar sem nada e na sarjeta, canalha, sem-vergonha, ladrão. Ah não, *per Dio*, é meu marido e tem que ficar aqui, *trabaliando* como eu, *porca la*...

Eu dava gargalhadas.

— E quem te disse que sou teu marido? — disse. — Pois isso não existe. Não passa de "minha querida".

— Está mentindo, canalha!

— É mentira? Sim, vá perguntar ao padre e você verá.

— O padre Papagna...

— Qual! Teu napolitano foi embora há um mês para *mangiar macaroni* em tua terra. Vai, pergunta ao novo se há registro de teu casamento na igreja...

Olhava-me com uma enorme boca aberta, sem querer acreditar no que eu dizia. De repente, pareceu-lhe que devia ser verdade. Assustada, desesperada, louca, saiu correndo. Vi que seguia a pé a caminho de Pago, sem lenço na cabeça, com a roupa de casa. Certamente iria averiguar.

Eu tirei os poucos pesos que por casualidade havia na gaveta, encilhei o pangaré, e se te vi não me lembro! Fui para o outro lado, depois de rasgar em pedaços o papel de Papagna, muito tranquilo e seguro de que não iam me perseguir. O quê? E se afligem por tão pouco! Mas pensem e verão que era muitíssimo melhor para mim... e também para Carolina.

Se tenho notícias dela? Sim. Ontem soube que estava muito bem: de enfermeira no hospital de Pago.

Tradução
Iara de Souza Tizzot

Revisão
Tatiana E. Ikeda
Barbara Terra

Capa
Rafael Silveira

Obra editada en el marco del Programa "Sur" de Apoyo a las Traducciones del Ministerio de Relaciones Exteriores, Comercio Internacional y Culto de la República Argentina.

Obra editada através do Progama "Sur" de Apoio a Traduções do Ministério de Relações Exteriores, Comércio Internacional e Cultura da República Argentina.

© Arte & Letra 2013

Todos os direitos reservados. Proibida a reprodução, no todo ou em parte, através de quaisquer meios.

P343c Payró, Roberto
    O casamento de Laucha / Roberto Payró ; tradução de
    Iara de Souza Tizzot — Curitiba : Arte & Letra, 2013.
    84 p.

    ISBN 978-85-60499-44-1

    1. Literatura argentina. 2. Ficção. I. Tizzot, Iara de Souza
    II. Título.

                        CDU 821.134.2(82)

Arte e Letra Editora
Alameda Presidente Taunay, 130b
Batel - Curitiba - PR - Brasil
CEP: 80420-180
Fone: (41) 3223-5302
www.arteeletra.com.br - contato@arteeletra.com.br